AF590408

COLLECTION

JOSEPH DE RÉMUSAT

Vente les Jeudi 17 et Vendredi 18 Mai 1900.

CATALOGUE ORNÉ DE 14 PLANCHES

PRIX : 5 fr.

MACON, PROTAT FRÈRES, IMPRIMEURS.

COLLECTION

JOSEPH DE RÉMUSAT

Vente les Jeudi 17 et Vendredi 18 Mai 1900.

CATALOGUE ORNÉ DE 14 PLANCHES

PRIX : 5 fr.

CONDITIONS DE LA VENTE

La vente se fera au comptant.

Les adjudicataires payeront, en sus des enchères, *cinq pour cent*, applicables aux frais.

Les experts se réservent la faculté de réunir ou de diviser les lots, et de ne pas suivre strictement l'ordre numérique du catalogue.

COLLECTION
JOSEPH DE RÉMUSAT
DE MARSEILLE

ANTIQUITÉS
ÉTRUSQUES, GRECQUES ET ROMAINES

MÉDAILLES GRECQUES

VENTE AUX ENCHÈRES PUBLIQUES

A L'HÔTEL DROUOT, SALLE N° 9

Les jeudi 17 et vendredi 18 mai 1900,

à 2 heures précises.

Exposition particulière

Le mercredi 16 mai, de 1 heure à 5 heures.

COMMISSAIRE-PRISEUR :
Me P. CHEVALLIER
10, rue Grange-Batelière.

EXPERTS :
MM. ROLLIN ET FEUARDENT
4, rue de Louvois,
et à Londres : 6, Bloomsbury Street.

PARIS

1900

Les habitués de l'Hôtel Drouot doivent se rappeler, parmi les amateurs d'il y a quinze ou vingt ans, M. de Rémusat, qui suivait assidûment nos ventes. Une mort prématurée nous enleva cet homme excellent, aimé de tous ceux qui l'ont connu. La collection qu'il avait formée est décrite dans ce catalogue. Nous reproduisons, en guise de préface, les paroles prononcées, le 11 janvier 1888, à la Société des Antiquaires de France, par M. Héron de Villefosse :

« M. Joseph de Rémusat sortait d'une de ces vieilles et nobles familles chez lesquelles le goût des arts et le culte du beau se perpétuent comme une tradition. Elevé sur les côtes de Provence, au milieu de ces rochers où vient expirer la brise qui nous arrive de la Grèce et de l'Orient, il manifesta de bonne heure un penchant très vif pour l'archéologie, et dès qu'il fut le maître de ses destinées, il commença une collection d'antiquités choisies avec un discernement parfait et avec une délicatesse que lui enviaient les plus célèbres amateurs. Cette épuration du goût, qui ne s'acquiert ordinairement qu'avec le temps et après un long apprentissage, a été chez lui comme un don naturel et primordial dont il a su profiter dès sa jeunesse. Les lecteurs de la Gazette archéologique *connaissent les beaux bronzes de sa collection si libéralement ouverte et où plus d'un d'entre nous a trouvé la solution d'un problème scientifique ou l'occasion d'une publication intéressante. La bonne grâce du possesseur en facilitait à tous l'accès et l'étude. Nous garderons le souvenir d'un confrère que nous avions à peine entrevu, mais que nous avions déjà eu le temps d'aimer et d'apprécier. »*

R. F.

ANTIQUITÉS

I

POTERIE

1. Gourde chypriote, toute couverte d'un quadrillage noir (passé au rouge) sur terre pâle. Anse et quinze annelets de suspension ; goulot en bec d'oiseau.

   Haut., 0 m 21.

2. Vase en forme de tête de mouton, poterie apulienne d'ancien style. Mouchetures noires et rouges sur fond blanc, et blanches sur fond brun.

   Long., 0 m 155.

3. Lécythe orné d'une peinture d'ancien style (noir sur blanc). Sujet : quadrige ; au second plan, Apollon et Mercure.

4. Grand lécythe d'Apulie, en forme de pyxis. Sur le couvercle : Mercure devant Junon et Minerve assises ; derrière lui, Vénus assise. C'est la scène précédant le jugement de Pâris. Sur le tour de la boîte : femme assise tenant un plateau et un éventail.

   Haut. totale, 0 m 29. — Peinture rouge sur noir, rehauts blanc et jaune. Anse amortie par deux mascarons.

5-7. Amphore et deux petits vases à couverte brune. Poterie grecque de Marseille.

8-12. Coupe, plateaux et scyphus à couverte rouge, la plupart décorés de feuillages à la barbotine. — 5 pièces.

13. Gourde émaillée ; décor : lièvres alternant avec des feuilles d'arbre.

14. Lot de poteries rouges sigillées, trouvées à Auriol.

15. Récipient en forme de pomme de pin, ayant servi pour le feu grégeois. — Émail brun. — Époque byzantine.

16. Rhyton en terre pâle nue ; il se termine par une tête de génisse.

Long. 0 m 20. — Anse brisée.

17. Grand vase ovoïde et 14 autres poteries grecques de Marseille, en pâte nue, la plupart de beau style et quelques-unes de conservation irréprochable. Jusqu'ici, le Musée de Marseille est le seul qui possède un certain nombre de ces vases intéressants.

18. Grande amphore à vin, cylindrique et à base pointue. — Terre de brique. — Trouvée en Provence.

Haut., 0 m 77.

19. Lampe en forme de barque. — Basse-Égypte.

Long., 0 m 14.

20-22. Trois lampes, trouvées à Apt, 1876 (Sujets : tête imberbe à gauche, couronnée de fleurs ; coq avec une palme ; buste de Mercure).

23. Lampe (gladiateur combattant). Au revers, un T.

24. Lampe à cuvette ouverte et lampe minuscule.

II

TERRES CUITES

25. Vénus phénicienne (*Astarté*) nue, de style rudimentaire. Crâne déprimé, visage en triangle, yeux en pastillage, doigts marqués à la pointe, jambes serrées l'une contre l'autre. Collier peint en rouge et en noir.

Haut., 0 m 20.

26. Joueur de double flûte, terre cuite chypriote de très ancien style, peinte en rouge et en noir. Le corps a la forme d'un cylindre posé sur une base arrondie ; la tête est coiffée d'un bonnet pointu, la lèvre supérieure couverte de la *phorbeia* ; les yeux sont marqués au pinceau.

Haut., 0 m 144.

27. Joueuse de tambourin, terre cuite chypriote très ancienne. Corps cylindrique, le visage peint en rouge, les cheveux en noir.

Haut., 0 m 33.

28. Joueuse de cithare ; terre cuite chypriote d'ancien style. Elle est drapée, voilée et parée d'un double collier. Sa main droite tient le plectrum.

Haut., 0 m 25.

29. Vénus orientale debout, la draperie relevée, les cheveux frisés et parés d'une ténie. Revers plat.

Haut., 0 m 145.

30. Petite stèle figurant, en haut-relief, une Vénus orientale nue, debout entre deux colonnes. Ses bras pendent le long du corps.

Haut., 0 m 135.

31. Déesse-mère voilée, assise sur un trône et portant sur ses genoux un adolescent qu'elle couvre de son voile. Le jeune homme joue avec le collier de la déesse. — Ancien style. Chypre.

Haut., 0 m 157.

32. Jeune fille dans l'attitude et le costume d'une Vénus, buste et bras droit à découvert. Elle est debout, les jambes croisées, le bras gauche sur la hanche, la tête tournée de côté.

Trouvée à Tanagra.

Voir la phototypie, pl. I.

Haut., 0 m 24. — Cheveux peints en rouge, base plate.

33. Femme debout, drapée et voilée, les bras dissimulés sous le manteau. C'est une femme de Tanagra, à la promenade. Dans les plis de la draperie, on sur-

prend quelques réminiscences du style du ve siècle.

Voir la phototypie, pl. I.

Haut., 0 m 24. — Base plate.

34. Jolie figurine de Tanagra : femme voilée, debout, le bras gauche sur la hanche. Le visage est modelé et colorié avec une grande finesse, la draperie est peinte en blanc.

Voir la phototypie, pl. I.

Haut., 0 m 165. — Base plate.

35. Très petite figurine de Tanagra : femme voilée, debout, les jambes croisées, un éventail à la main gauche. Son manteau est peint en bleu.

Haut., 0 m 082.

36. Cérès voilée, coiffée d'un boisseau et tenant un long flambeau et des épis. — Petit garçon nu, assis (les bras et la jambe gauche manquent). — Bras droit d'une statuette d'Hercule, les pommes à la main.

37. Deux petites têtes de femmes, dont l'une coiffée d'une couronne de feuilles.

38. Quatre petits masques : Silène, homme barbu d'ancien style, acteur.

39. Cheval chargé de deux mannes.

40. Porc; jouet d'enfant renfermant un caillou.

41. Tête de bélier.

Long., 0 m 011.

42. Quadrupède de très ancien style; vernis brun, décor géométrique gravé. — Chypre.

Haut., 0 m 065.

III

VERRERIE

1. VERRES D'ANCIEN STYLE. PATE COLORÉE A DÉCOR OPAQUE

43. Grande aiguière à goulot tréflé. Verre bleu, incrusté de barbes de plumes en pâtes jaune, blanche et bleuâtre. Collerette et bordures jaunes; anse cannelée.

Haut., 0 m 125.

44. Petite aiguière. Même forme et même genre de décor; beaucoup de jaune dans les barbes de plumes.
Haut., 0 m 065.

45. Petite aiguière en verre bleu cobalt. Décor : fils simples et chevrons jaunes et blancs.
Haut., 0 m 083.

46. Amphorisque en verre bleu, le haut de la panse côtelé. Décor : larges chevrons blancs, alternant avec des chevrons jaunes. Collerettes et lisérés jaunes.
Haut., 0 m 090.

47. Autre, à base pointue et amortie par un bouton. Belle pâte bleue ; sur la frise côtelée, un chevron jaune et bleu turquoise.
Haut., 0 m 070.

48. Petite amphore à col allongé. Chevrons jaunes sur la partie côtelée ; anses remplacées par deux rondelles repliées.
Haut., 0 m 083.

49. Vase pomiforme à deux anses. Pâte bleue d'une belle transparence ; décor jaune et bleu turquoise.
Haut., 0 m 050.

50. Autre, côtelé. Même décor.
Haut., 0 m 060. — L'une des anses manque.

51. Même forme et mêmes couleurs.
Haut., 0 m 055.

52. Petit balsamaire cylindrique ; pâte jaune, émaillée de chevrons blancs.
Haut., 0 m 098.

2. VERRES COLORÉS, DE BEAU STYLE

53. Urne cinéraire en pâte violette, toute couverte de mouchetures blanches. Panse sphérique. — Apt, 1876. C'est un des plus beaux verres antiques trouvés en France.
Voir la phototypie, pl. II.
Haut., 0 m 22.

54. Assiette en verre jaune et blanc (*fabrique de Toscanella*). Le dessin fait comme une mosaïque, où,

autour d'une étoile centrale, semée de fleurettes, d'autres fleurettes et de petits triangles simulant des rayons viennent se grouper en rond et couvrent tout le fond de l'assiette. Le marli n'est décoré que de fleurs.

Voir la phototypie, pl. III.

Diam., 0 m 17. — Parois épaisses. — Recollée, mais complète.

55. Pyxis en verre multicolore, avec son couvercle. Marbrures jaunes et blanches sur fond brun. — Apt, 1876.

Voir la phototypie, pl. III.

Haut., 0 m 065. Diam., 0 m 067. — Il ne manque qu'un morceau du rebord du couvercle.

56. Joli petit canthare bleu, à deux anses. — Apt, 1876.

Voir la phototypie, pl. III.

Haut., 0 m 087. — Anse recollée.

57. Petite coupe en verre-mosaïque (*fabrique de Toscanella*). Fond vert; rubans (rouge, jaune et blanc) et colliers; bords striés. — L'intérieur du vase a été débarrassé de sa patine, et repoli.

Diam., 0 m 076.

58. Deux fragments de coupe (*même fabrique*) : fleurettes multicolores sur fond bleu clair.

59. Deux fragments de coupes côtelées du Piémont. Décor blanc sur jaune d'ambre.

60. Grande coupe côtelée en verre bleu. — Pièce très rare.

Diam., 0 m 197. Haut., 0 m 098.

61. Coupe en verre jaune d'ambre, ornée de quelques cercles tracées à la meule.

Diam., 0 m 107. Haut., 0 m 059.

62. Coupe à deux anses, en verre violacé.

Diam., 0 m 130.

63. Flacon pomiforme en verre bleu, moucheté de jaune et de blanc. Le goulot manque.

Haut., 0 m 060.

64. Petit flacon pomiforme en verre jaune. — Apt, 1876.

Haut., 0 m 057. — Goulot ébréché.

65. Autre, en verre améthyste.
Haut., 0 m 047.

66. Joli petit flacon pomiforme en verre bleu.

67. Flacon en forme de datte sèche; pâte jaune d'ambre.
Haut., 0 m 071.

68. Petit flacon bursiforme, la panse déprimée intentionnellement. Pâte violette.
Haut., 0 m 053.

69. Grand flacon sphérique en pâte verte transparente. Parois très fortes.
Haut., 0 m 15.

70. Flacon à long col; pâte verte.
Haut., 0 m 14.

3. VERRES INCOLORES

71. Urne cinéraire trouvée en Provence.
Haut., 0 m 21.

72. Petite urne cinéraire remplie de cendres. — Même provenance.
Haut., 0 m 18.

73. Aiguière trouvée à Apt, en 1876. — Anse coudée, avec son poucier.
Haut., 0 m 14.

74. Flacon campaniforme, à long col.
Haut., 0 m 195.

75. Même forme, la panse beaucoup plus grande.
Haut., 0 m 17.

76-78. Trois flacons de formes variées, l'un avec une belle irisation nacrée.

79. Petite amphore; les attaches des anses sont cannelées.
Haut., 0 m 12.

80-81. Deux flacons à panse cylindrique.

82. Verre à boire, le col protégé par un réseau (intact).
Haut., 0 m 080.

83-87. Cinq petits flacons, dont l'un muni d'une anse.

88. Verre à boire, avec sa baguette servant à remuer le liquide. — Chypre.

Haut., 0 m 075.

89. Pyxis munie d'un couvercle bombé. — Chypre.

Diam., 0 m 109.

90-92. Trois petits verres à boire. — Chypre.

93. Lot de neuf flacons à long col.

94. Lot de neuf petites fioles, dont une déformée par le feu.

95. Quatre vases minuscules et un flacon à long col, la plupart irisés.

96. Coupe côtelée (recollée).

97. Verre blanc (français) à cinq tubes droits.

4. VERROTERIE

98. Épingle à cheveux. — Fil en torsade, verre blanc irisé.

99. Deux petits bracelets, l'un antique, brun rehaussé d'un fil rouge; l'autre bleu, de fabrication arabe (moderne).

100. Coulant de collier (réglette en verre brun rayé de gris). — Perles de collier en verre coloré et en verre polychrome, dont une de grandeur exceptionnelle.

101 Tessère figurant un Amour debout. — Tessère byzantine en verre bleu (monogramme entre deux colombes; aigle éployé). — Marque de verrier (buste de Commode jeune) en verre blanc.

102. Lot de fragments de verre multicolore.

103. Dix boutons convexes (pions de jeu), dont un très grand, en verre brun, blanc, bleu, etc.

104. Deux fragments de bas-reliefs en pâte bleue opaque (feuille) et verte (guirlande).

105. Quatre vases minuscules et un osselet.

106. Fruit ressemblant à un citron, en verre blanc, fonte pleine.

107. Cinq figurines égyptiennes et un scarabée en terre émaillée.

IV

BRONZES

1. FIGURINES ÉTRUSQUES

108. Minerve debout, casquée et armée de l'égide. Sa main droite s'appuie sur la hanche, l'autre tenait une lance.

Haut., 0 m 097. — Patine verte.

109. Mars étrusque debout, en posture de combat. Il est armé d'une cuirasse, de jambières et d'un casque dont la *crista* descend jusqu'à la ceinture. Du bras droit levé, il brandit une lance et, au bras gauche, il porte un bouclier rond. — Ancien style.

Voir la phototypie, pl. IV.

Haut., 0 m 125. — Patine vert et noir. — Socle en brèche.

110. Déesse étrusque ailée. Elle est vêtue d'une tunique à manches courtes, finement plissées, et d'un manteau à froncis triangulaires. Sa main droite ouverte tenait un attribut, l'autre relève la draperie. — Beau style archaïque du ve siècle, ciselure d'une délicatesse extrême.

Vente Castellani (Rome), n. 271.

Voir la phototypie, pl. V.

Haut. (avec la base), 0 m 126. — Patine verte. — Base antique ronde, moulurée et bordée de perles et d'oves.

111. Trois petites têtes de Fleuves (taureaux à face humaine), d'ancien style. Décors de vases.

112. Tritonide étrusque, ailée et drapée, les bras ouverts symétriquement, les jambes en queues de poissons, entrelacées.

Haut., 0 m 093. — Patine verte.

113. Hercule jeune, debout à dr., dans l'attitude du

combat. Sa main gauche, avancée, tient l'arc ; sa main droite brandit une massue.

Haut., 0 m 10. — Patine verte. — Socle en jaune de Sienne.

114. Hercule italique, debout, imberbe, le bras droit levé et armé d'une massue (dont il ne subsiste que la poignée), le bras gauche tendu en avant et chargé de la peau de lion.

Haut., 0 m 082. — Patine verte. — Socle en marbre rouge.

115. Jeune athlète couronné d'une ténie et tenant à la main gauche un strigile.

Haut. (avec la base antique), 0 m 122. — Patine verte.

116. Jeune athlète tenant une palme.

Haut., 0 m 095. — Socle en marbre rouge.

117. Femme nue, faisant la culbute à la renverse. Poignée de couvercle, d'ancien style.

Long., 0 m 06. — Patine vert pâle.

118. Petit buste d'éphèbe ; dessous, une bélière.

119. Jeune homme couché dans l'attitude des convives antiques. Il tient un fruit à la main gauche.

Long., 0 m 074. — Socle en jaune de Sienne.

120. Guerrier gaulois, nu, en posture de combat. Coiffé d'un casque à cornes de taureau, il brandit son javelot (brisé) ; sa main gauche est enveloppée du manteau qui remplace le bouclier ; une épée, passée dans le ceinturon, est suspendue à son flanc droit.

Voir la phototypie, pl. IV.

Haut., 0 m 108. — Patine verte.

121. Manche de patère figurant un jeune homme debout, la main droite à la tempe, la chlamyde agrafée sur l'épaule gauche, mais laissant le devant du corps presque à découvert.

Haut., 0 m 138. — Socle en marbre rouge.

122. Adorant nu et debout, de très ancien style. Coiffé d'un chapeau, les cheveux finement frisés, il

avance ses deux bras, qui portaient des offrandes. Sa jambe droite est un peu en retrait.

Voir la phototypie, pl. VI.

Haut., 0 m 152. — Patine vert et noir. — Socle en marbre rouge.

123. Manche de patère figurant une jeune fille nue, qui lève les bras symétriquement.

Haut., 0 m 14. — Patine verte. — Socle en jaune de Sienne.

124. Prêtresse drapée et diadémée, tenant une patère et une boîte à encens.

Haut., 0 m 125. — Patine verte.

125. Femme vêtue d'une robe pointillée. Ancien style.

126. Pied de ciste : Amour enfant, debout, les jambes croisées.

127. Pied de ciste : tête d'Amour ailé. Très belle patine vert pâle.

2. FIGURINES GRECQUES ET ROMAINES

128. Petit buste de Junon drapée et diadémée, les yeux en argent.

Haut., 0 m 028.

129. Apollon nu, debout, les bras abaissés, la jambe gauche s'avançant un peu sur l'autre. Cheveux bouclés sur le front et couvrant la nuque. Le style est celui des plus anciens ouvrages de la statuaire grecque.

Haut., 0 m 145. — Les doigts de la main droite manquent. — Socle en marbre des Pyrénées.

130. Figurine grecque de beau style archaïque : Minerve debout, coiffée d'un casque uni, vêtue du peplos, le buste couvert de l'égide écaillée qui ressemble à une mantille. C'est la forme la plus ancienne de l'égide. Le bras gauche, brisé, s'appuyait sur une lance ; la main droite s'avançait et tenait vraisemblablement une patère. Le chignon, très épais, retombe sur la nuque ; les garde-joues se relèvent horizontalement.

Statuette de la première moitié du ve siècle ; trouvée sur le golfe de Naples, il n'est pas impossible qu'elle soit l'œuvre d'un sculpteur campanien.

Vente Bammeville (1881), n. 7. — *Gazette archéologique*, 1881-82, pl. VII.

Voir la phototypie, pl. VII.

Haut., 0^m^ 093. — Base antique, ronde et moulurée. — Patine noire. — Le pied gauche, les mains et la moitié de l'avant-bras gauche manquent.

131. Vénus debout, dans l'attitude de la statue des Médicis. La tête se tourne légèrement vers la droite du spectateur, le corps repose sur la jambe gauche, les cheveux sont noués en crobyle, les yeux argentés. — Beau style grec.

Voir la phototypie, pl. VI.

Haut., 0^m^ 175. — Socle en marbre noir.

132. Vénus nue, diadémée. Sa main droite, avancée, tenait une coquille, l'autre un flacon à onguent ; ses cheveux sont noués sur la nuque du cou. C'est une *Vénus à la toilette*.

Haut., 0^m^ 188. — Patine noire.

133. Très jolie figurine de Vénus nue, debout et coiffée d'un diadème ciselé. Elle tenait un balsamaire et une coquille ; sa jambe gauche supporte le poids du corps. — Beau style grec.

Ancienne collection de M. Fr. Reiset, conservateur du Louvre.

Voir la phototypie, pl. VIII.

Haut., 0^m^ 135. — Patine verte luisante. — Socle en marbre rouge.

134. Vénus anadyomène debout, diadémée, les bras levés symétriquement. De chaque main, elle tient une tresse de ses cheveux, pour les disposer sur les épaules. — Époque gallo-romaine.

Haut., 0^m^ 107. — Patine verte.

135. Vénus nue et diadémée, debout, les bras abaissés. — Couronnement d'épingle.

Haut., 0^m^ 041. — Pieds brisés.

136. Mercure debout, la tête ailée, la chlamyde agrafée sur l'épaule droite, la main gauche tenant le caducée ailé. — Époque gallo-romaine.

Haut., 0 m 084. — L'avant-bras droit et la main gauche manquent.

137. Mercure debout, coiffé du pétase ailé, la chlamyde sur l'épaule et sur le bras gauche qui portait le caducée. — Joli modelé et belle patine verte.

Voir la phototypie, pl. IV.

Haut., 0 m 124. — Main droite brisée.

138. Très belle figurine de Mercure debout, intacte. Le dieu porte une bourse à sa main droite abaissée, et, de l'autre main, tenait le caducée. — Copie d'un original grec. Patine verte luisante.

Voir la phototypie, pl. IX.

Haut., 0 m 082.

139. Peson de balance en forme de buste de Bacchus jeune, couronné de lierre en fleur. — Grande-Grèce.

Voir la phototypie, pl. X.

Haut., 0 m 09. — Patine noire.

140. Buste de Silène couronné de lierre en fleur; décor de meuble.

Haut., 0 m 102. — Patine verte. — Socle en jaune de Sienne.

141. Pan assis à califourchon sur un taureau en marche.

Haut., 0 m 074. — Trois jambes du taureau sont brisées. — Socle en jaune de Sienne.

142. Faunisque nu (avec des oreilles de chèvre), courant à dr., les bras étendus.

Haut., 0 m 052. — Socle en jaune de Sienne.

143. Amour enfant debout, le bras droit levé.

Haut., 0 m 15. — Manque : la main droite, l'avant-bras gauche, la jambe gauche et l'une des ailes. — Socle en jaune de Sienne.

144. Amour enfant, coiffé d'un chapeau de pêcheur, assis sur un rocher, et pêchant à la ligne.

Voir la phototypie, pl. IX.

Haut., 0 m 093. — Patine verte.

145. Victoire agenouillée, de face, coiffée d'un diadème et vêtue du peplos grec. Bras abaissés. — Décor de meuble.

Haut., 0 m 064. — L'aile gauche est mutilée. — Socle en jaune de Sienne.

146. Fortune de Ville, assise, les pieds sur un tabouret. Elle est coiffée de la couronne murale et tient une patère et une corne d'abondance.

Haut., 0 m 069. — Socle en jaune de Sienne.

147. Priape barbu, coiffé d'un bonnet et portant des fruits dans le pli de sa tunique.

Haut., 0 m 075. — Socle en marbre rouge.

148. Terme barbu; imitation des sculptures d'ancien style.

Haut., 0 m 086. — Socle en onyx.

149. Figurine phallique, munie d'un anneau de suspension.

Haut., 0 m 063.

150. Protome de Fleuve d'ancien style (taureau à face humaine), nageant.

Haut., 0 m 045. — Patine verte.

151. Buste de l'Oronte, nageant, les bras étendus, la tête tournée de côté. Cette figurine était placée aux pieds d'une Tyché d'Antioche.

Haut., 0 m 055. — Patine verte. — Socle en jaune de Sienne.

152. Enfant nu, tenant des fruits à la main gauche avancée, et levant la main droite pour ajuster la couronne d'épis dont il est coiffé. C'est la personnification de l'Été.

Haut., 0 m 111. — Patine rugueuse.

153. Le Sommeil (*Hypnos*), personnifié par un bel adolescent debout, avec des ailettes aux tempes, les bras repliés et avancés. Sa main droite a dû tenir un bouquet de pavots, l'autre une patère. — Beau style grec. — Trouvé à Arles.

Voir la phototypie, pl. VI.

Haut., 0 m 154. — Patine un peu rugueuse. — Socle en jaune de Sienne.

154. Grande bague ornée d'un buste (en haut-relief et en ronde bosse) de Jupiter Sérapis.

Haut., 0 m 050. — Patine des bronzes du Delta.

155. Harpocrate enfant accroupi, vêtu d'une tunique longue, la coiffure isiaque (brisée) au front.

Haut., 0 m 044. — Base ronde, antique.

156. Harpocrate enfant debout, paré d'une bulle, de la coiffure isiaque, et tenant une corne d'abondance.

Haut., 0 m 103. — Patine verte.

157. Hercule debout, nu, barbu, la massue et la peau de lion au bras gauche.

Haut., 0 m 075. — Patine verte.

158. Hercule jeune, debout, tenant les pommes cueillies sur l'arbre des Hespérides. Sur le bras gauche, la peau de lion.

Haut., 0 m 080. — Patine verte.

159. Hercule jeune, étreignant le lion de Némée.

Haut., 0 m 084. — Patine noire. — Socle en jaune de Sienne.

160. L'enfant Iphiclès à genoux, effrayé par les serpents.

Haut., 0 m 030.

161. Éphèbe grec d'ancien style. Debout, sans draperie, il a les cheveux bouclés sur le front et ceints d'un strophium. Sa main gauche abaissée tenait probablement une lance, son bras droit et ses pieds sont brisés. — École de Polyclète (ve siècle).

Haut., 0 m 08.

162. Nain alexandrin barbu, portant un phallus sur l'épaule.

Haut., 0 m 050. — Socle en jaune de Sienne.

163-164. Deux masques d'acteurs comiques, dont l'un de style grec.

Haut., 0 m 046 et 0 m 044.

165. Tête grotesque, la bouche ouverte; pièce finement ciselée; fonte pleine.

Haut., 0 m 037.

166-167. Deux petits bustes de femmes romaines drapées; coiffure du IIIe siècle. — Décors de meubles.

Haut., 0 m 057 et 0 m 058.

168. Éphèbe nu, debout, le bras droit abaissé et s'écartant du corps. C'est peut-être un discobole. Reproduction de quelque sculpture grecque.

Haut., 0 m 11. — Patine noire. — Le bras gauche manque.

169. Buste d'enfant, d'un très joli style, les yeux évidés et argentés.

Voir la phototypie, pl. X.

Haut., 0 m 073. — Socle en jaune de Sienne.

170. Peson de balance en forme de tête d'enfant. Belle patine verte luisante.

Voir la phototypie, pl. X.

Haut. (sans la bélière), 0 m 065.

171. Fragment d'une belle figurine grecque de Mercure (qu'on pourrait retrouver) : bras gauche replié et chlamyde. — Avant-bras gauche nu, la main tenant un pavot. — Casque orné de griffons et surmonté d'un sphinx couché. — Caducée ailé. — Faucille d'une statuette de Silvain.

3. ANIMAUX

172. Singe, applique.

Haut., 0 m 055.

173-174. Lion debout, et lion étrusque couché.

Long., 0 m 047.

175. Tête de lion d'ancien style étrusque, la gueule ouverte.

Long., 0 m 050. — Support en brèche.

176. Panthère bachique assise.

Haut., 0 m 047. — Socle en jaune de Sienne.

177. Protome de panthère; décor de meuble.

Haut., 0 m 036.

178. Protome de panthère étrusque, finement ciselée. Belle patine verte.

Long., 0 m 042.

179. Petit buste de cheval ailé; applique étrusque, d'une grande finesse de travail.

Haut., 0 m 018.

180. Cheval au pas.

Haut., 0 m 070. — Patine vert sombre.

181-182. Protome et buste de cheval.

Haut., 0 m 035 et 0 m 031.

183. Chien de chasse, courant.

Haut., 0 m 032. — Patine verte.

184. Chien assis.

Haut., 0 m 039.

185. Taureau cornupète tourné à gauche.

Long., 0 m 059. — Jambes brisées.

186. Taureau debout, à gauche; sur le dos, deux lettres grecques (γλ) rétrogrades, de l'alphabet d'ancien style.

Long., 0 m 175. — Jambes brisées. — Socle en jaune de Sienne.

187. Tête de taureau, coiffée d'un bandeau frontal; applique.

Haut., 0 m 054. — Support en jaune de Sienne.

188. Tête de taureau avec les fanons; bélière au-dessus du front.

Haut., 0 m 095. — Patine verte.

189-191. Deux petites têtes de taureau, et un bucrâne décharné.

192. Tête de bélier, amortissement d'un manche de patère.

Long., 0 m 030. — Patine vert pâle.

193. Deux têtes de bélier affrontées; relief étrusque découpé; décor de vase.

Haut., 0 m 057. — Patine verte.

194. Décor analogue, figurant deux têtes de chèvre affrontées.

Haut., 0 m 032. — Patine verte.

195-196. Protome de chèvre et tête de chèvre.

Haut., 0 m 049 et 0 m 042.

197. Rat rongeant un fruit. — Coq et colombe.

198-201. Pied de ciste orné d'une tortue. — Deux dauphins. — Poisson.

202. Grappe de raisin.

Haut., 0 m 080. — Patine verte.

4. VASES

203. Situle étrusque à deux anses mobiles. — Décor : un masque de Pan et un masque scénique de Satyre, faisant office de déversoir.

Haut., 0 m 128. — Patine verte rugueuse.

204. Belle aiguière. — Anse surélevée, ornée de sujets en relief (deux cigognes et un enfant nu, tenant une palme), d'un rang de perles argentées et de deux chénisques. Parois très fortes.

Voir la phototypie, pl. XI.

Haut. totale, 0 m 20. — Patine verte.

205. Aiguière à goulot trilobé. — Anse amortie par un masque de Méduse et une tête de panthère tournée vers l'intérieur du vase.

Voir la phototypie, pl. XI.

Haut. totale, 0 m 16. — Patine verte.

206. Vase à panse surbaissée, sans anse.

Haut., 0 m 10.

207. Plateau étrusque.

Diam., 0 m 228. — Patine verte.

208. Patère avec son manche; parois épaisses.

Diam., 0 m 158.

209. Patère profonde (forme de nos casseroles); sur le manche, le poinçon du fabricant : L·ANS·DIODO (*Lucius Ansius Diodorus*).

Diam., 0 m 143. — Patine noire.

210. Petite coupe étrusque montée sur un pied.

Diam., 0 m 104. — Patine verte.

211. Petite situle figurant une tête de lutteur syrien, chauve (à l'exception d'une mèche de cheveux, le *cirrus*, qui amortit la charnière du couvercle), et couronnée de fleurs. Les yeux et la couronne sont incrustés d'argent.

Haut., 0 m 098. — Le vase a perdu son couvercle, mais conservé son anse mobile, ornée de chénisques.

212. Gobelet étrusque, muni d'une anse et orné de fines ciselures.

Haut., 0 m 067. — Patine verte.

213. Petit vase pomiforme, orné de fleurs et de volutes en relief.

Haut., 0 m 060. — Parois très fortes.

214. Petit vase orné de hauts-reliefs (deux chevaux de course victorieux et deux enfants drapés, tenant chacun une palme et s'appuyant sur un bâton) — IIIe siècle.

Voir la phototypie, pl. IX.

Haut., 0 m 065. — Parois très fortes.

215. Petite aiguière étrusque ; anse concave, surélevée et amortie par une palmette.

Haut. totale, 0 m 14. — Patine verte.

216. Aryballe étrusque piriforme, l'anse figurant une branchette de feuillage.

Haut., 0 m 10. — Patine verte.

217. Patère étrusque, ombiliquée et munie d'un anneau de suspension.

Diam., 0 m 12. — Patine bleue.

218-222. Cinq petits vases : amphore à trois pieds, deux aiguières, situle et marmite avec son couvercle.

223. Petite tasse étrusque, sans anse.

Diam., 0 m 074. — Patine rugueuse.

224. Trois vases minuscules : balsamaire, aiguière et vase à trois pieds.

225. Manche de patère, cannelé et amorti par une tête de loup.

Long., 0 m 143. — Patine verte.

226. Manche de patère, façonné en massue et amorti par une tête de lion. Ancien style étrusque.

Long., 0 m 114. — Patine verte.

227. Anse de vase étrusque, amortie dans le haut par une tête de bélier, dans le bas par un bas-relief (sacrificateur près d'un autel).

Haut., 0 m 24. — Patine verte.

228. Anse de vase étrusque. Au sommet : un Triton ailé, posant les mains sur deux dauphins ; sur la tige, une feuille d'arbre ; dans le bas, un masque de femme aux yeux incrustés d'argent.

Haut., 0 m 12.

229. Anse de vase étrusque. Dans le haut, les chénisques ; sur la tige, un serpent ; dans le bas, un masque de Pan.

Haut., 0m 145.

230-232. Trois anses de vases étrusques : 1. Bustes de chevaux, tête de lion et palmette. — 2. Tête de lion entre deux têtes de loups ; palmette. — 3. Tête de lion, tige feuillue, masque barbu.

233. Bélière de situle ; sur l'attache, Bacchus enfant (en relief).

5. MEUBLES, USTENSILES ET ARMES

234. Cuvette d'un candélabre étrusque, ciselée.

235. Petit candélabre étrusque. — Base formée de trois jambes humaines ; fût cordelé ; au sommet, une grenouille et un chat couché.

Haut., 0m 415. — Patine noire.

236. Jambe de trépied. — Patte de griffon posée sur une grenouille ; dans le haut, un bouquet de feuilles d'acanthe, d'où émerge une figurine à mi-corps et en ronde bosse : Amour enfant versant dans une coquille le contenu d'un balsamaire. — Époque romaine.

Vente Paravey, n. 319.

Haut., 0m 37. — Patine brune.

237. Lampe en forme de quadrupède (sans tête).

Haut., 0m 095. — Patine verte. — Socle en jaune de Sienne.

238. Grande lampe, la poignée terminée par une tête de panthère émergeant d'un bouquet de feuilles et semblant lécher l'huile.

Long., 0m 21. — Patine noire.

239. Lampe en forme de tête de Silène, la bouche toute grande ouverte.

Long., 0m 13. — Patine verte.

240. Lampe en forme de pied, avec sa chaînette de suspension.

Long., 0m 10. — Patine rugueuse.

241-242. Deux lampes, dont l'une avec la poignée façonnée en croissant.

243. Miroir étrusque. — Sujet : Le jugement de Pâris. A gauche, Pâris, dit Alexandre (*elachsntre*, sic), est assis, coiffé du bonnet phrygien et tenant une houlette de berger. Devant lui, Vénus (*turan*) se tient debout, sans draperie, mais diadémée, et semble lui parler. Junon (*uni*), parée de bijoux, se retourne vers Minerve (*menrfa*) qui est debout en face de Pâris. Arbres dans le champ. Une couronne de feuilles encadre le tableau.

Les noms propres sont gravés sur le rebord du miroir ; leur authenticité est certaine.

Manche amorti par une tête de bélier ; bords ciselés.

Publié par A. Kœrte dans les *Etruskische Spiegel*, t. V, pl. 98, 2.

Diam., 0 m 125. Haut. avec le manche, 0m 245.

244. Petit miroir étrusque. — Sujet : deux femmes (*Lasa*), nues et ailées, sont debout, l'une faisant face à l'autre, et semblent se parler.

Manche amorti par une tête de biche ; bords ciselés.

Diam., 0 m 094. Haut. totale, 0 m 189. — Jolie patine vert pâle.

245. Miroir grec. — Face unie, avec trois palmettes ciselées au sommet du manche. Au revers, dans le haut du disque, un mascaron de femme en relief, ayant les cornes et les oreilles d'une génisse.

Diam., 0 m 164. Haut. totale, 0 m 246. — Patine rugueuse.

246. Petit miroir romain, trouvé à Apt (Vaucluse), en 1876. — Disque sans poignée ; au revers, une bordure gravée, formée de cercles et de points clos. — Potin.

Diam., 0 m 095.

247. Miroir romain, de forme rectangulaire ; même pro-

venance. — Plaque de bronze étamée ; bordure faite d'un simple trait gravé et de hachures.

Haut., 0 m 13. Larg., 0 m 11. — Brisé en trois morceaux, mais absolument complet.

248. Cinq épingles à cheveux, et une grande épingle à chlamyde, longue de 39 centimètres.

249. Petit collier formé de perles et d'annelets.

250. Bracelet gaulois, la tige cannelée et amortie par deux tampons. Fonte pleine.

Larg., 0 m 08. — Patine verte.

251. Bracelet étrusque, formé d'une lame convexe, et orné de bandeaux et de chevrons finement striés.

Diam., 0 m 084.

252. Bracelet en fonte pleine, la tige ciselée et simulant un chapelet.

Diam., 0 m 086. — Patine verte.

253. Six fibules de formes variées : type de la nacelle, enroulement avec masque humain et tête de canard, arc ajouré et étamé, tige fleurie en relief et nom du fabricant : IVLI.

254. Deux bagues, l'une formée d'un fil en spirale, l'autre avec chaton gravé (pomme de pin).

255. Deux cassolettes (bulles) dont l'une lenticulaire, l'autre cordiforme et ornée d'une clef en relief. — Couvercle de cassolette portant le buste, en relief, de Domitia.

256. Phallus, etc., dont l'un avec la main faisant la *fica*. — 4 p.

257. Quatre clochettes.

258. Instruments de chirurgie et outils divers : pincettes, spatules de formes variées, cure-oreille, aiguilles, etc. — 12 pièces.

259. Rasoir en forme de croissant ; la poignée figure un coq mangeant une baie.

Haut., 0 m 114.

260. Cuiller et fourchette à trois dents.

261. Dé à jouer.

262. Quatre clefs romaines.

263. Niveau de maçon.

264. Fourreau de poignard étrusque. — Formé d'un fil de bronze qui s'enroule en spirale, il ressemble à un cornet très allongé, ouvert dans le bas et dans le haut. Anneau de suspension.

Long., 0 m 26. — Patine verte.

265. Hachette celtique en fonte pleine.

Long., 0 m 103.

266. Pointe de lance et deux pointes de flèche grecques.

V

IVOIRES

267. Nageuse égyptienne, portant sur ses bras parallèlement avancés une boîte à fard (brisée).

Long., 0 m 124.

268. Petit *bisellium* (?) en os, les montants découpés à jour et représentant deux lions courant. Traces de peinture blanche.

Trouvé, en 1876, à Apt (Vaucluse), au quartier de la Magdeleine, sur le bord de l'ancienne voie romaine.

Haut., 0 m 047. — Larg., 0 m 081.

269. Petite boîte cylindrique avec son couvercle.

Haut., 0 m 074.

270. Tête de panthère (manche de couteau).

Long., 0 m 050.

VI

OR ET ARGENT

271. Petit collier en or, finement tressé en jaseron et amorti par une rouelle à huit rais.

Long., 0 m 336.

272. Bracelet en or, figurant un serpent. Tête et écailles ciselées ; fonte pleine.

Voir la phototypie, pl. XII.

Diam., 0 m 070.

273. Bague en or. — Petit chaton elliptique gravé (*sujet :* cheval courant à dr., et fleurette).

274. Petite bague en or. — Chaton ovale gravé (*sujet :* une palme).

275. Bague d'or en fonte pleine. — Chaton ovale gravé (*sujet* : lion courant) et chargé d'une perle d'or rapportée.

276. Bague en or; chaton ovale sans décor.

277. Bague d'or, sertie d'un petit grenat mobile.

278. Trois boucles d'oreilles en or.

279. Figurine égyptienne en argent doré (roi agenouillé ; jambes et bras manquent).

Haut., 0 m 032.

280. Petit épervier égyptien en argent. — Bélière sur le dos.

281. Très beau fragment d'une figurine assise (Jupiter?), en argent doré. L'ajustement de la draperie est du meilleur style.

Voir la phototypie, pl. XII.

Haut., 0 m 075.

282. Petite figurine en argent : enfant debout, la tête et le bras gauche levés, comme s'il tenait un papillon à un fil. — Travail très fin.

Haut., 0 m 027. — Base en bronze.

283. Petite Fortune en argent doré, la corne d'abondance au bras gauche.

Haut., 0 m 034. — La main droite manque.

284-285. Deux petites figurines en argent : Fortune, et enfant nu tenant un balsamaire et une patère.

286. Pied gauche en bronze, la courroie de la sandale en argent plaqué.

287. Collier formé de soixante-treize perles d'argent.

288. Bracelet en argent, figurant un serpent (queue

brisée). — Deux petits fermoirs en argent doré (têtes de lions).

289. Boucle de ceinture en argent.

290. Bague d'argent du moyen âge. Fil en torsade, chaton rond (croix pattée).

291. Petite cuiller en argent.

VII

GLYPTIQUE

1. FIGURINES ET CAMÉES

292. Épervier égyptien en diorite.
Haut., 0 m 038. — Sur le dos, une bélière.

293. Buste nu, paré d'un collier et émergeant d'un calice de fleur. — Schiste brun.

294. Scarabée égyptien en hématite; hiéroglyphes sur le plat.

295. Double masque de lion d'ancien style, en lapis lazuli. — Coll. Tyszkiewicz.
Haut., 0 m 032.

296. Camée en sardonyx : tête de Jupiter, de face.

297. Camée en sardonyx à trois couches, monté en bague d'or : masque de Silène, de travail grec.
Haut., 0 m 015.

298. Petit camée en sardonyx à trois couches : masque scénique de Silène, la barbe frisée et équarrie.

299. Buste d'Amour ailé, un bandeau dans les cheveux. — Pâte verte, moderne.

300. Camée en sardonyx à deux couches : buste d'adolescent, de face. — Renaissance.

301. Camée en onyx à deux couches (blanc sur bleu) : buste drapé de femme romaine.

302. Camée en sardonyx à deux couches : buste de nègre. — Renaissance.

303. Petit camée en turquoise : masque imberbe.

304. Sardonyx à deux couches : lion à droite.
305. Petit sardonyx à deux couches : deux mains jointes, une main d'homme et une main de femme.
306. Agatonyx : poisson et crevette.
307. Deux masques de Méduse et un masque scénique en pâte de verre.

2. INTAILLES

308. Trois petits cylindres assyriens en hématite.
309. Amulette phénicienne en pierre verte tendre : chasseur et bouquetin.
310. Bague en agate rubanée : tête de Jupiter.
311. Sardoine montée en bague d'or : buste voilé de Cérès, coiffée d'un petit boisseau.
312. Sardoine montée en bague d'or à chaton mobile : Mars adolescent debout, nu, casqué et tenant le parazonium ; devant lui, proue de navire et bouclier. — Renaissance.
313. Petite sardoine : tête de Mars, barbue et casquée ; devant, une épée.
314. Agatonyx (rouge sur blanc) : Fortune debout, tenant le gouvernail et la corne d'abondance.
315. Sardonyx à trois couches, sertie dans une bague d'or antique : même sujet.
316. Agatonyx en cabochon : buste d'Isis.
317. Bague en bronze doré, sertie d'une pâte rouge : Faune accroupi tenant deux flûtes.
318. Bague en argent, sertie d'une pâte brune : Hercule assis, tenant la massue et une palme.
319. Agate rubanée, montée en bague d'or moderne : prêtre étrusque devant un appariteur qui plonge un enfant dans une marmite.
320. Grenat : sphinx couché.
321. Cornaline : cheval courant à g. ; dessus : les lettres IA.
322. Cornaline : petit chien devant un coq.
323. Lapis lazuli : crabe.

324. Grenat en cabochon : figure indéterminée.

325. Aigue marine : navire ; dessus : TYRRHENI.

326. Deux intailles sassanides, en jaspe vert et en cornaline.

327. Deux pâtes de verre : Amour et Psyché ; Faune (moderne).

328. Collier formé d'un prisme hexagonal en cornaline, et de perles en cornaline et en cristal de roche.

VIII

ALBATRE, MARBRE BLANC, ETC.

329. Jolie gourde phénicienne en albâtre, de forme lenticulaire, et munie de deux oreillettes.
Haut., 0 m 125.

330. Pointe de lance en silex taillé, trouvée à Périgueux.

331. Déesse mère, voilée, assise sur un trône et tenant sur ses genoux un enfant emmailloté. — Pierre calcaire. — Chypre.

332. Petit masque de Bacchus d'ancien style, couronné d'un strophium. — Marbre de Paros.
Haut., 0 075.

333. Masque d'enfant. — Bras de figurine en marbre de Paros.

334. Petit buste de Bacchus barbu, coiffé d'une mitre. — Époque romaine. Haut-relief.
Haut., 0 m 20. — Marbre blanc.

335. Petit buste de Jupiter Ammon. — Époque romaine. Haut-relief.
Haut., 0 m 19. — Marbre blanc.

336. Statuette de Vénus nue, debout et nouant ses cheveux. — Époque romaine.
Haut., 0 m 22. — Marbre blanc.

337. Hercule jeune, debout et s'accoudant sur un tronc d'arbre. Sa main gauche tient une massue et son

bras gauche est chargé de la peau de lion. — Renaissance.

Haut., 0 m 27 (avec la base). — Le bras droit et une partie de la massue manquent. — Marbre de Paros.

338. Statuette de Minerve, drapée et coiffée d'un casque corinthien, mais sans l'égide. Son bras gauche s'appuie sur la hanche.

Haut., 0 m 40. — Marbre blanc. — Le bras droit manque.

339. Haut-relief figurant deux grands masques affrontés, d'un Silène et d'une Muse laurée, posés sur des rochers. Sous le Silène, on voit une peau de panthère ; sous la Bacchante, une draperie et un bucrâne décharné. — Beau style alexandrin. — Naples.

Voir la phototypie, pl. XIII.

Haut., 0 m 30. Larg., 0 m 49. — Marbre blanc.

---

340. Un grand nombre d'objets non catalogués.

IX

MÉDAILLES ANTIQUES

341. Trouvaille d'Auriol. Tête de lion à g., la gueule ouverte. ℞. Tête d'Hercule (en creux). AR², *très rare*.

342. Tête de lion à g. et à dr. — Protome de lion couché (4 var.). — Tête de bélier à dr. et à g. — Protome et tête de sanglier. — Tête d'aigle. — Tête de veau. — Tête de lévrier. — Protome de sanglier ailé, à g. — Protome de cheval marin à g. (demi-drachme et obole). — Masque de Méduse. — Masque imberbe. — Tête casquée de Minerve, à g. et à dr. — Tête d'Apollon, à

dr. et à g. — Tête d'Hercule. — Casque, etc. — Æ. 204 p.

343. Trésor de Rosas. Tête imberbe laurée, à g. ℞. Trois osselets. — Æ.[1], *très rare.*

344. Marseille. Tête imberbe à dr., une roue sur le casque. ℞. Roue. — Æ.[1], 2 p. *Très rare.*

345. Oboles (tête d'Apollon), drachmes (tête de Diane. ℞. Lion), obole à la tête de Minerve (℞. Aigle, légende fruste). — Æ. 73 p. dont plusieurs de beau style.

346. Cavaillon. **CABE**. Tête de femme. ℞. **LEPI**. Corne d'abondance. — Æ.[1].

347. Monnaies gauloises. Pétrocores (℞. Croix) et Éduens. — Æ., 11 p.

348. Médiomatriques. Tête imberbe. ℞. Pégase sur deux lignes perlées. — Or[3].

349. Thurium. Tête de Minerve, une Scylla sur le casque. ℞. Taureau cornupète. — Didrachme. Æ.

350. Syracuse. Tête de femme d'ancien style, entourée de quatre dauphins. ℞. Bige au pas. — Tétradrachme. — Æ.

351. Tête d'Aréthuse à g., coiffée d'une résille. **ΣΥΡΑΚΟΣΙΩΝ**; sur le dauphin de l'exergue, le nom du graveur : [**ΚΙ**]**ΜΩΝ**; sur le diadème, la lettre **K**. ℞. Quadrige galopant à g., le conducteur couronné par une Victoire. Pièces d'armure en exergue. — Décadrachme d'Æ.

Voir la phototypie, pl. XIV.

352. Tête d'Aréthuse à g., couronnée de roseaux ; quatre dauphins autour. **ΣΥΡΑΚΟ...** ℞. Quadrige galopant à g., le conducteur couronné par une Victoire. Exergue : pièces d'armure. — Décadrachme d'Æ. (Coin d'Événète.)

Voir la phototypie, pl. XIV.

353. Lesbos. Trois hectae en électrum : Tête laurée d'Apollon. ℞. Tête de femme dans un cadre. — Tête imberbe avec une corne de bélier à la

tempe. ℟. Aigle. — Tête laurée d'Apollon à g. ℟. Carré creux.

354. Lydie. *Créséïde.* Protomes de lion et de taureau. ℟. Carré creux à deux cases. — AR., oblong.

355. Perse. *Darique d'or.* Le roi à genoux, tenant un arc et une lance. ℟. Carré creux.

356. Carthage. Grande tête de Cérès à g., coiffée d'épis. ℟. Pégase ; lég. punique : *birzath.* — Décadrachme. AR. — *Beau et très rare.*
Voir la phototypie, pl. XIV.

357. Monnaies diverses. Gaulois de la Pannonie, Fistelia, Métaponte, Vélia, Thèbes, Athènes, Égine, Corinthe, Sicyone, Argos, Histiée, Cyzique, Parium, Clazomènes, Milet, Cnide, Rhodes, etc. — AR., 48 p.

358. Marseille, Carnutes, Étrurie, quadrans de l'Italie Centrale (sanglier courant), Rome (fr. en Campanie) et Carthage. — Bronzes, 13 p.

359. *Chalon-sur-Saône.* Triens mérovingien en or. ℟. VINTRIO MO. Croix cantonnée de CA.

360. Pépin le Bref. RP sous une barre ; globules autour. ℟. R accosté de deux croisettes. — Denier. AR.

361. *Louis Ier, le Débonnaire.* Deniers frappés à Bourges et à Venise. — AR. 2 p.

362. *Louis VI.* Denier frappé à Nevers.

363. Venise, Gênes, et une monnaie indienne. — AR. et billon, 4 p.

364. Poids minuscule en cuivre, et moule de faux-monnayeur en terre cuite (denier de Septime-Sévère).

MACON, PROTAT FRÈRES, IMPRIMEURS

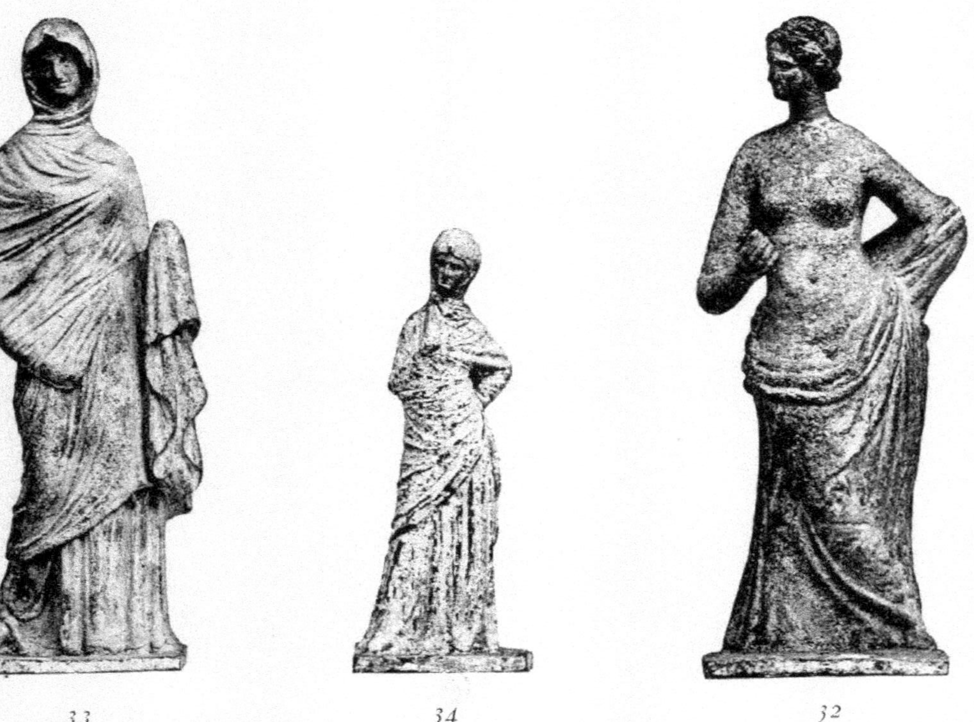

33 34 32

53

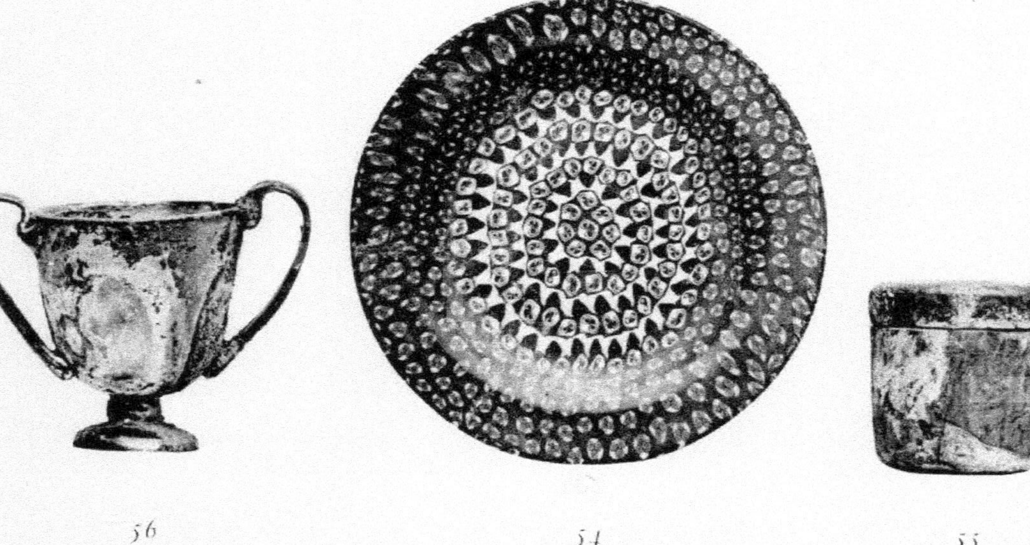

56 54 55

109

137

120

110

122

131

153

130

133

Pl. IX

144

138

214

139

169

170

204

205

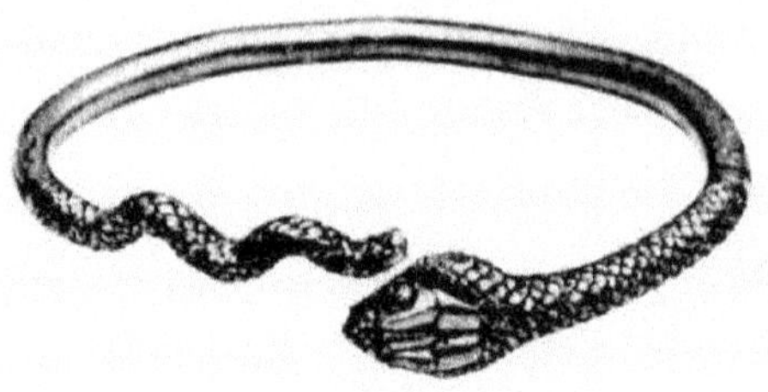

272

281

Pl. XIII

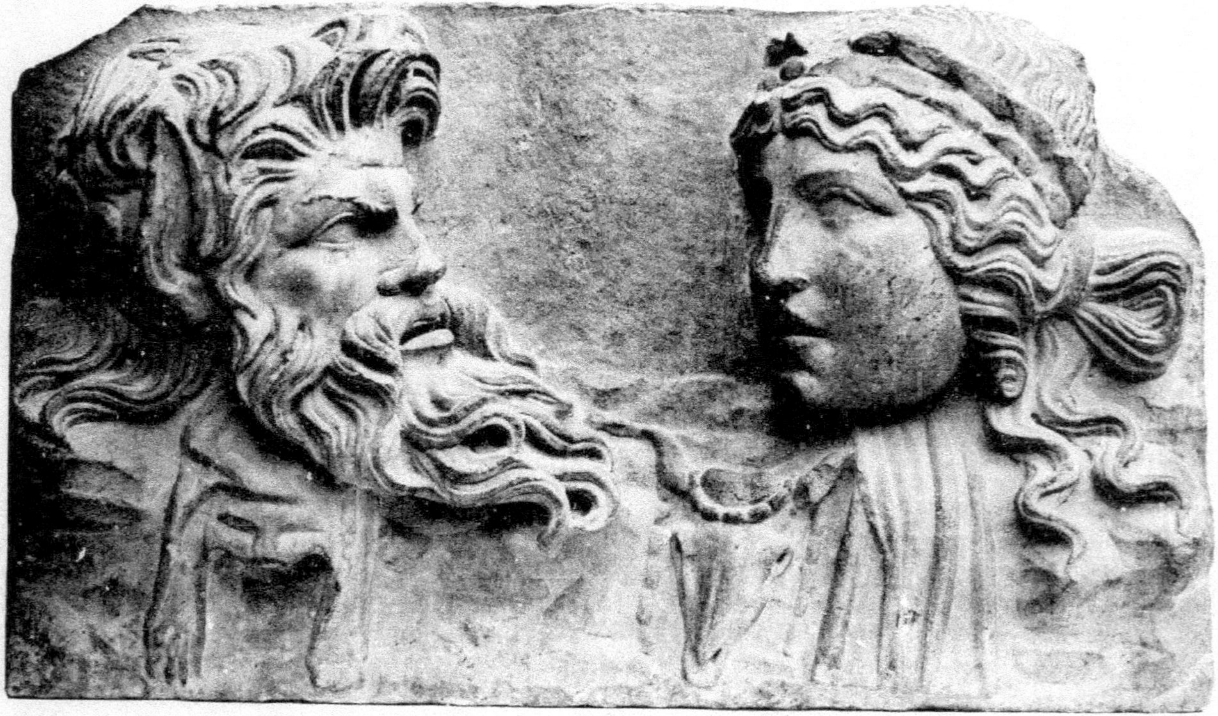

339

Ateliers P. A. Longuet

351

352

356

RED. :

19

www.ingramcontent.com/pod-product-compliance
Ingram Content Group UK Ltd.
Pitfield, Milton Keynes, MK11 3LW, UK
UKHW022121260726
13993UKWH00003B/1158